Special thanks

Mao / Renee Chung / Autremoi Tang
NO.18_94su3 / Miki Wang

U0009559

catch 222
回家

作者：紙上行旅｜鄧彧
裝幀設計：紙上行旅｜鄧彧
編輯：林怡君

ISBN / 978-986-213-715-4

出版者：大塊文化出版股份有限公司
地址：台北市 10550 南京東路四段 25 號 11 樓
讀者服務專線：0800-006689｜www.locuspublishing.com
TEL：(02) 87123898　FAX：(02) 87123897

郵撥帳號：18955675　戶名：大塊文化出版股份有限公司

總經銷：大和書報圖書股份有限公司
地址：新北市新莊區五工五路2號
TEL：(02) 89902588　FAX：(02) 22901658

法律顧問：全理法律事務所董安丹律師

初版一刷：2016 年 7 月
定價：新台幣 420 元

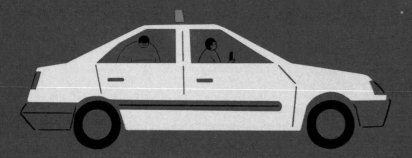

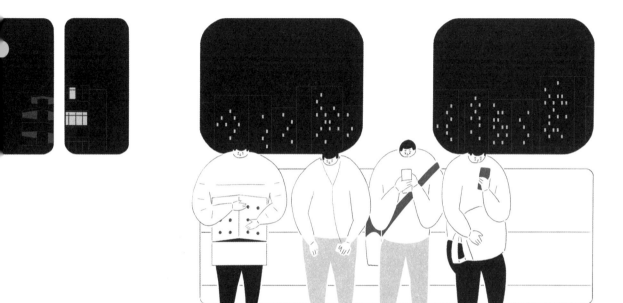

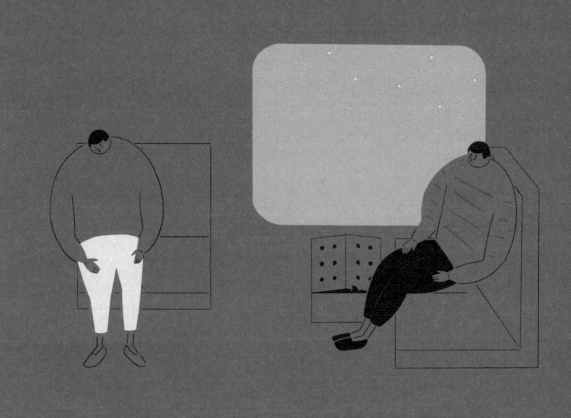

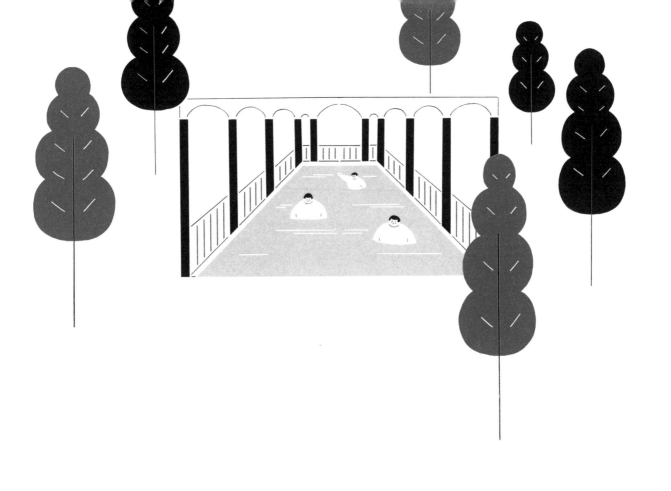

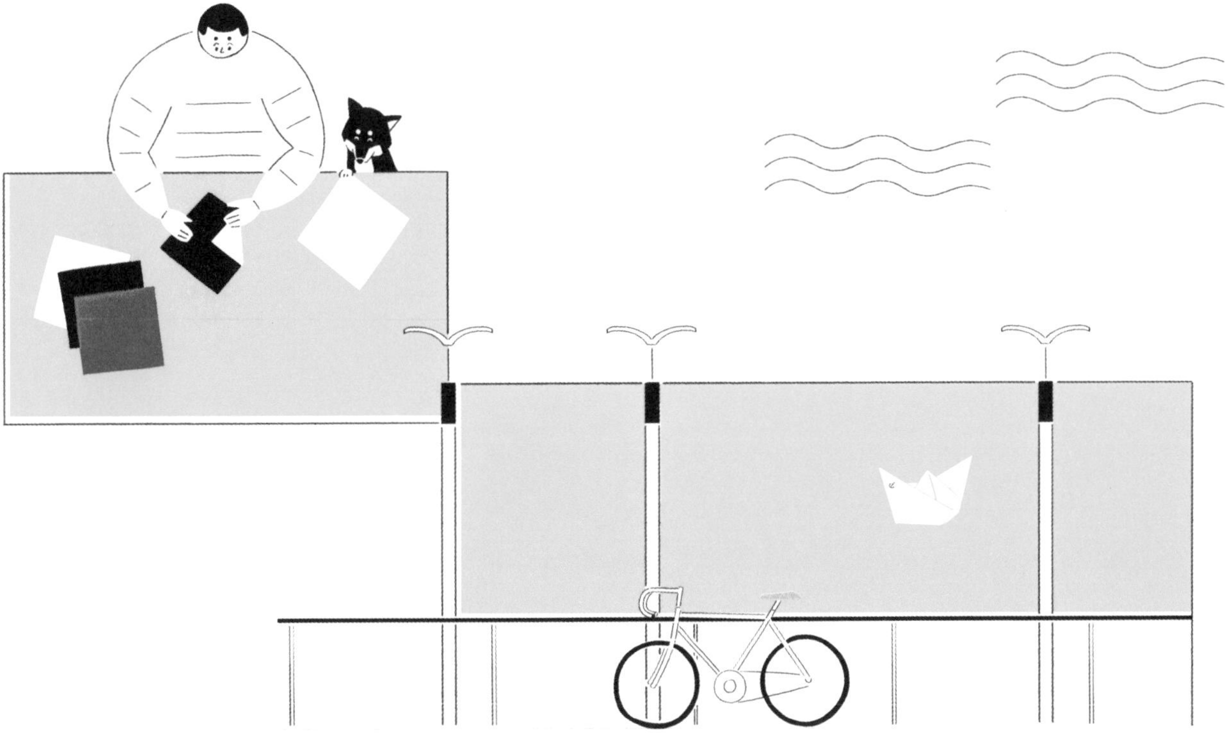

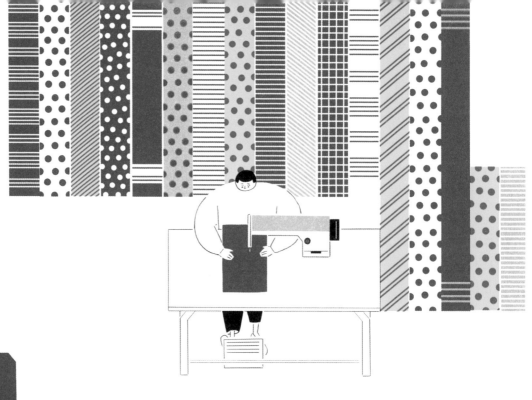

2016年紙上行旅成立滿三週年，當初因為找不到理想中的明信片，決定自己來做，前前後後累積了117款明信片，自行生產了約48,280張明信片。三年間遇到了許許多多不錯的人，也受到來自不同領域、各自持有不同專業的人的幫助，覺得自己很幸運，在這樣的環境下，可以做自己喜歡的事，並且讓它成為職業；身為創作者，這是一件很快樂的事。而每個時期的創作就好像記錄著不同時期的我，自己看著自身作品的轉變，也是一件很有趣的事。一直以來，最想做的其實是無文字書，這次非常謝謝大塊願意在台灣以文字為主的書市裡嘗試一些不同，也謝謝編輯的信任，讓我可以以我的方式自由發揮，希望透過無文字圖像，每一位閱讀者都可以有自身的理解與截然不同的想像。

就我而言，台北是我成長的地方，這本書是我對於「台北」的敘述方式，一個帶有些許矛盾情感的城市，有的時候需要它，不時的又想離它遠去。這個城市有來自各地的人，因為工作、為了求學，又或者只是單純的旅行，不同的因素讓大家交集在這裡，有的因此成為台北人，有的選擇暫居，有的則從這裡離開。無論哪種原因，台北也許都曾是你我的一個「家」。而離開，也或許只是為了找到回家的路。

鄧 彧 ————————————————————————————————

台灣插畫家，新北新店人，在台北求學與成長。喜愛紙張、印刷與旅行，以及各種實驗性質的創作，擅長運用圖像記錄生活細節。現為鄧彧藝術設計工作室負責人、紙上行旅品牌負責人，專職插畫與平面設計的工作，作品曾獲 HKDA Global Design Awards 非商業插畫銅獎，GCIA 金獎、銀獎等獎項。

www.behance.net/tengyu   1985

紙上行旅 ————————————————————————————————

「生活是一趟沒有終點的旅程，我們都是彼此的風景。」
台灣插畫設計品牌，亦是一種自我的旅遊創作計畫。將旅行和生活記憶於紙上作為一種紀錄，期待透過日常中的吉光片羽創造不同的風景。

fb.com/papertravel.TY   2013